그대, 빈집이었으면 좋겠네

시와소금 시인선 · 035

# 그대, 빈집이었으면 좋겠네

박해림 시집

시와소금

익숙할 것
포기할 것
두 명제 위에 기차가 지나간다.
철길 위를 가볍게 스치는 바람이 공중에 파문을 놓는다.
점점이 휘날리는 꽃잎들
그 꽃잎 받으며 한 발 늦게 걷기로 한다.

# | 차례 |

| 시인의 말 |

## 제1부 '애절함'을 말하자면

## 제2부 라일락 할매

## 제3부 지지 않는 봄

## 제4부 바다, 그늘고요

## 시인의 에스프리

제 **1** 부

'애절함'을 말하자면

# 휘어지다

시외버스터미널 부근,
바닥에 떨어진 동전을 찾는
그 사소한 노동에 열중했던 적이 있었다

등이 휘도록 바닥을 탐했던
서로의 바닥을 놓지 못해서
당신의 옆구리를 빠져나오지 못했던 적이 있었다

우리, 휘어졌으니 휘어진 아이 낳고 휘어진 울타리를
고치며 휘어진 강물 따라 흐르리라 약속했던 적이 있었다

뻐꾸기 우는 때늦은 봄날,
바닥 가득 휘갈긴 콧물 눈물 섞인
그때의 낙서들이
아직도 시외버스터미널 부근에 서성이고 있다

# 무늬하루살이

베란다 창틀에 하루살이 주검들이
얼룩얼룩 뒤덮였다
지렁이 배 같은
아기 코딱지 같은


주검이 서럽다는 건 생명이 깃들었다는 것을 진작 알았던 때
문인데
그 생명에 무늬가 있었던 것을 알았던 때문인데


겨우 하루를 사는 것이 아니라
그 하루가 평생이라는 것
입이 퇴화되어 아무것도 먹을 수 없다는 것
어른으로 태어난 단 하나의 이유가 오직 알을 낳는 일이라는 것


아파트 분리수거장에서 일에 열중인 노인,
분명 생명이 깃들어 있음인데
단 하루만 참으면 날개돋이를 얻을 수 있다는 걸 아는지

흑갈색의 줄무늬와 아름다운 겹눈으로
오직 날아오르기 위해 짧은 더듬이를 부지런히 놀리는데
날개와 배의 거리가 너무 멀다

베란다 창틀에 얼룩들이 무수히 널려 있다
개미 잘록한 허리 같기도 한
도심의 횡단보도에 짓이겨진
껌딱지 같기도 한

# 그대, 빈집이었으면 좋겠네

모자를 즐겨 쓰지 않는 그대여
가끔 뒤를 돌아보면 좋겠네


바람이 머리칼을 흩뜨려 알아볼 수 없을 때
옷깃에 영혼을 깊숙이 감추었어도 어깨의 들썩임을 보면 그대인
줄 알겠네


제 살아갈 날들만큼
잘게 찢어진 해안의 모래바람을 발톱에 새겨 넣어 하루를 견디는
푸른바다거북처럼
그대, 조금은 빈집이었으면 좋겠네


모자를 받쳐 든 익숙한 발자국소리가 현관을 울리고
낮은 저녁불빛에 뭉개진
울음 먹먹한 어제의 그대여
세상의 등허리 어디쯤에서 돌아오지도 못하고
횡단보도에 스며든 빗금의 시간을 견디는

세상에서 가장 느린 푸른바다거북의 시간과

조금은 외로운 내가 등을 기댈 수 있는

그대,

빈집이었으면 좋겠네

# '애절함'을 말하자면

투르크메니스탄의 사막 불구덩이 주변에 뼈만 남은 개 한 마리가 돌아다닌다는 말을 전해들은 후,
누군가에 의해 버림 받은 개가
내 주변을 떠돌고 있다

그 젖은 눈을 차마 똑바로 볼 수 없었다는 말

늙은 개 한 마리,
노을 지는 지평선을 향해 절뚝거리며 모래바닥에 핏빛 매화
꽃을 눌러 찍는 동안,

컹컹, 물컹거리는 어둠을 물어뜯는 낡은 이빨들
입가에 흘러내린 누란의 체액들
김빠진 맥주거품처럼 늘어진 어깨를 흔들며
사막 불구덩이를 빙빙 돌고 있는 버림받은 완전한 독거가
슬픈 내 어스름을 물어뜯고 있다

지금, 이 개에게 해 줄 수 있는 것이 아무것도 없다니

돌개바람이 돌아갈 차 바퀴자국을 지우고
담배꽁초를 바닥에 힘껏 내던지는
중앙아시아의 기름진 중년의 등가죽을 지우고
새벽을 훔쳐가는 불구덩이 사막의 음모를 지울 때

차가버섯을 키운 눈보라의,
시베리아자작나무의 자궁을 기다리는 편이 차라리 더 나을 것
이라는 말을 전해 듣는다

복도를 타고 발버둥치는 아래층 독거의 개가 불기둥을 숨긴
사막을 물어뜯는 동안,
수없이 버려진 개의 젖은 눈들이 나의 핏빛 독거를 물어뜯는
동안,

# 마른풀이 뒤척이는 소리가 들렸다

뒤에서였던가 그 뒤의 뒤에서였던가 소리가 ㅊ ㅊ ㅊ 울었다
목울대를 타고 넘다가 뒤로 넘어지는 소리
뒤로 넘어졌는데 소리는 앞으로 자꾸 달려오고
바람 같은 것이 발자국을 날랐지만
몸은 그 자리에서 한 걸음도 나오지 못했다

비를 맞은 적도 없는데
축축했다
슬픔의 색깔을 알아채고 눈가가 짓물렀던가

마른 영혼이 자꾸 뒤집힌다 소리가 달려오다 뒤집히고
뒤집힌 소리는 목울대를 타고 넘다 다시 뒤집어지고
소리는 자꾸 가벼워진다
바람 같은 것이 쉴 새 없이 마른 몸을 나르느라
처음 그 자리에서 단 한 걸음도 움직인 적이 없었다는 것을
몸은 여태 기억하지 못했다

겨울이 오기 전 떠나야겠다고 자꾸 마음만 고쳐먹은 소리가
뒤에서 밀고
뒤에서 끌고
밤새도록 풀벌레처럼 ㅊ ㅊ ㅊ 울었다
뒤에서 뒷걸음으로만 달아났던

아이 셋 버리고 달아난
그 여자,

# 귀여리로 간다네


이 길과 저 강물 사이
지난 시간과 지나갈 시간 사이

수리와 부엉이의 눈빛과 날갯짓 소리가 아직도
마을 어귀 어딘가에 숨어서
길을 마구 휘저어놓은

오래 묵은 전설 하나 쯤은 품었을 산마을 어디쯤
별의 거리와 달의 거리를 훌쩍 훌쩍 뛰어넘었던
수태한 처녀
뱀바위 부엉이바위에서 뛰어내릴지 말지
땀범벅의 등줄기가 휘어지네

야반도주한 아내 찾아 몽둥이를 불끈 쥐고
천지사방으로 시뻘건 눈을 들이대던
천 서방
아랫도리가 휘어지네

일거리 찾아 흘러들었던 낯선 청년의 훤칠한 이마
콸콸 쏟아지는 골짜구니 물소리
이 마을 여인네들
속곳을 적시네

이윽고 멈춘 시간이 강을 휘어놓은

시간은 도무지 달리지 않는

# 발우공양

― 겨울산


계절의 마지막 열매를 삼킨 산의 목울대가 불룩하다

이제 세상의 모든 것을 비워야 할 때
애써 가진 것도 다 내어놓아야 할 때

지난가을 물봉숭아 따라 동안거에 든 산승의 발자국마저
지워야 한다

산의 옆구리에 얹혀 그 상처를 꽉 물고 있는 소나무
눈보라에 허리 더욱 꼿꼿이 세우는 자작나무
갈참나무 상수리나무 굴참나무 말간 뒤통수를 향해 안부를
묻는데
흔들림 없이 서 있는 깜냥이 눈에 익었다 싶었는데
세상의 거친 바람은 모두 뒤통수로 척 받아넘기는 것이
오랜 탁발의 명수였음을 깨닫는다

새벽녘 사람들이 우루루 다녀가면

그 다음날은 반드시 눈구름이 몰려온다는 낭설에도
세상의 마지막 남은 밥알을 삼킨 산의 목울대
청수로 말끔히 씻어내린다

# 황금매자나무


잎사귀의 날을 위해
꽃을 숨긴 나무는

방어적 습성에 길들여진 고라니처럼
제 발을 거둬들여
내면을 길들였던 것이다

길들인다는 것은
나를 얻는 것

나를 얻는다는 것은 당신을 얻는 것이다
당신 언저리를 맴돌던 그때처럼

꽃의 날을 위해
잎사귀를 숨긴 나무는
바닥에 자신을 내려놓을 줄 아는 수도승처럼

온몸에 형광금박을 두르고
제 삶을 길들였던 것이다

길들여진 내가 당신에게 스밀 수 있는 이유인 것처럼

# 그믐밤의 사랑

당신을,
고백하건대 통째로 외웠다
필요한 부분만 밑줄 그으며 달달 외웠다
마주보고 눈을 맞추며
당신의 그윽한 눈동자가 내 심장에 꽂힐 때
전두엽과 대뇌번연피질을 넘나들며 당신의 열정을 더듬었다

눈
코
입
검고 향긋한 머리카락
섬세한 긴 마디의 손가락, 등고선이 완만한 눈부신 정맥의
그믐밤은 정말 아름다웠다 눈물이 날 지경이었다
혀가 갈라지고 입술이 부르트도록 몰두했다
당신의 군청색 윗저고리에 달라붙은 가을 잎사귀를 뗄 때도
등 뒤로 휘날리는 진눈깨비를 발등으로 받아낼 때도

아,
당신의 발바닥은 끝내 외우지 못했다
한 번도 본 적이 없었으므로, 보여주지 않았으므로
한 발을 들면
다른 한 발이 바닥을 눌러
전두엽과 대뇌변연피질이 기우뚱했다

내가 당신에게 기울 때
당신의 셈법은
나를 외우는 것이 아니었다
두 눈 가득 나를 담아
가끔 구름을 심심하게 흘려보내는 것이었다

# 당신이 나를 밀었을 때

당신이 힘껏 나를 밀었을 때
나는,
내 안의 낯선 그늘을 보지 못했네
폐에 가득 찬 눈물이 햇빛 아래 형편없이 부서졌네

당신의 팔뚝에서 빠져나온 질량의 법칙이
속도를 벗어나고 싶은 당신의 그늘과
지구를 벗어나고 싶은 우주의 그늘과
달을 벗어나지 못한 지구의 중력이 만나
오래 마음껏 충돌했네 형편없이 부서졌네
나는,
산산이 흩어졌네
당신과 나를 떠돌던 그늘이
벗어나고 벗어던지려는 오기가
형편없는 질량의 법칙을 만들었다는 것을 알지 못했네
불변의 법칙이었다는 것을
나는,

알려고도 하지 않았네

이제,
가뭄으로 바닥이 쩍쩍 갈라진 그늘을 집어던지기로 했네
당신 안에 웅크리고 있던 나의 박제된 웃음과
내 안에 허우적거리고 있는 당신의 형편없는 그늘을
함부로 달아나는 발을
모른 척 하네
처음부터 그랬던 것처럼

# 살찐 고양이의 슬픔

그가 어디서 왔는지 아무도 모른다
어느 날, 유리문 앞에 동그랗게 몸을 말고
하염없이 제 큰 눈을 열었다 닫으며
지나가는 사람들 앞을 파고들었다

누군가 침묵을 깨고 조곤조곤 말을 걸었고
또 누군가는 머리를 쓰다듬으며 발가락에 손가락을 걸곤 하였다
자본주의의 권리금에 대해서 알기라도 하는 듯
그는 자리를 옮기는 법이 없었다

그 앞으로 가끔 햄 조각이 던져지고
라면부스러기가 참치 캔에 얹힐 때
후식처럼 과자 봉지가 열리고 애플파이, 감자칩, 콘칩 류의 것이
그의 코끝에 잔뜩 쌓이곤 했다
비가 오거나 추운 날엔 그의 안위를 걱정하는 사람들이 하나 둘
늘었지만

집은 만들어지지 않았다


아프리카 기니에 사는 눈이 큰 흑인 아이가 말라빠진 엄마의 젖가슴에 매달려
'헬프 미!' '헬프 미!'를 부르짖고 있을 때
유리문 앞의 고양이는 바닥에 더욱 동그랗게 몸을 말고
침묵으로 제 자리를 지켜냈다
그 대가로 그의 몸은 날마다 부풀어 올랐다.
언젠가 보니 비대해진 그의 엉덩이 아래 다리가 꼬여 있었다
걸어야 할 이유를 잃어버린 것 같았다


동그란 것도 슬플 수 있다는 것이 나는, 슬펐다

# 달맞이 꽃

그녀의 목덜미에 저녁이 달라붙어 있다
둥글게 모서리가 깎여나간 시간
손으로 꾹 누른다
노랗게 번지는 기억들, 공중이 어지럽다
더러는 맥없이 바닥으로 곤두박질한다

그녀의 길은 서랍장 안에 있다
유년의 길을 자꾸만 여닫고 싶어 한다
홀로 우두커니 벽을 밀어내기도 한다
기댈 곳 없는 허공이 흔들린다
겨드랑이에 숨어 있는 어둠
오래 잡고 지탱해야 한다는 듯이

달이 뜬다, 그 빛살을 끌어안고
노랗게 부풀던 그녀
손바닥 어지러운 잔금 사이로
노란 물감이 쉴 새 없이 묻어나온다

하수구로 쓸려나간 검정땟국물
수도꼭지에서는 밤새
노란 꽃잎이 뚝뚝 떨어져 내린다

목덜미 촘촘히 달빛을 새겨 넣는다
저 숲을 달려온 오랜 밤의 이야기를
허공에다
혼자 주절주절 늘어놓고 있다
그녀,

# 뻐꾸기 운다

지하철에서 나온 초미니스커트 자락 끝에서 뻐꾸기 운다
성형수술에 오뚝한 콧날 위에서 뻐꾸기 운다

종로거리에 즐비한 노점상의 비아그라 정력제에서 뻐꾸기
운다
탑골공원에도 들지 못하고 하이힐 구둣발에 짓이긴
깨진 보도블록 틈새에서 뻐꾸기 운다

십 원짜리 난장의 화투판에서
낙원상가 어둑어둑한 벽을 따라 뻐꾸기 운다
엉덩이 비쭉 선글라스 할머니 빨간 립스틱에 반짝반짝 흔들흔들
귀걸이 달고
대낮 대폿집에서 작업이 한창인
등짝에 슬쩍
아랫도리에도 슬쩍
음료수 든 손등의 주름 가득한 매니큐어에서 뻐꾸기 운다

가끔,

목이 잠겨 쉬었다 울었다

목각의 피노키오처럼 끄덕였다

붉은 꽃잎처럼 스러졌다


봄이 뻐꾹뻐꾹 운다

폴짝 폴짝 나를 건너뛰며 운다

# 헤이즐넛과 개암 사이

시어머니 갑자기 헤이즐넛 커피를 찾으신다
관광버스 타고 남쪽으로 서쪽으로
먼 마실을 다니시더니
어디서 그 맛을 들이셨는지
하루에 한 잔은 마셔야 겠단다
방향제로 쓰던
유행도 다 지나가버린 헤이즐넛 커피향이
시어머니 어떤 성감대를 건드렸는지
다 낡아 쪼그라든 입술이 움찔 열리며
목구멍을 타고 헤이즐넛 커피향이 쏟아진다
눈꺼풀이 와들와들 흔들리고
손까지 파들파들 떨린다

너무 오래 사셨다는 생각이 부쩍 들었지만
헤이즐넛 향이니 어쩌겠는가 싶었는데

어느 날 관광버스를 물리고

더 이상 마실을 다니지도 못하시더니

헤이즐넛 커피를 앞에 놓고

입술만 움찔움찔하더니

오래 오지 않는 엄마를 기다리겠노라며

개암나무 아래로 돌아갔다

유행을 타지 않은 개암나무 열매가

헤이즐넛 향과 닮았다는 귀띔도 못하고


그때의 개암나무 아래에 서면

지금도 헤이즐넛 향이 입술을 물고 뚝뚝 떨어지고 있는 것이다

# 관계

서랍 속 한 가득 모서리가 다 닳아버린 펜들
옆구리와 가슴이 서로 엉켜 있다
서로 분리하지 못한 시간을 가진
며느리와 시어머니처럼
시어머니와 며느리처럼

서로에게 공유된 기억이란
제 몸을 떠난 각질 같은 것
각질의 시간은
이젠 물릴 수 없는 타인의 소유이다
소유와 집착의 갈망만 나의 것
등을 내미는 서랍 속의 펜들과
고부간의 등이 그래서 처량한 것이다

그리하여 종이에 '젠장'이라고 써보지만
선만 남기고 글자는 없다
글자와 말과 내용과 생각이 서로 짜고

보이지 않는 선속으로 숨어버린 것이다

입술에 가둔 뾰족한 말들이
팔 다리 몸통 잘린 생각들이
잉크를 다 벗어버리고
어머니, 제발 저를 내버려두세요
아가, 제발 이러지 말아라
가끔 맨몸으로 거리를 달리고 싶은 것이다

서랍 속을 확 뒤집는다
며느리와 시어머니는 바닥에서 말문이 터지는지
우당퉁당 시끄럽다

제 **2**부

라일락 할매

# 강 너머


낮잠에서 깨어나 울음 덜 그친 아이의 얼굴이다
그 얼굴에 번진 수탉의 울음소리, 꿩 꼬리치는 소리, 컹컹 허공
할퀴는 개 짖는 소리


덜 마른 수채화가 남긴 청색 어둠이다
그 수채화에 스며든 장작 쌓아올린 흙벽 갈라진 연통이며
그을음이 부뚜막을 유유히 기어오른 가마솥 아궁이의 잔불이며
길섶에 홀로 피어 바람에 마구 입술을 내어주는 야생화


사춘기를 막 끝낸 소녀의 서늘한 이마이다
봄날, 홀연히 장롱에서 사라진 아버지의 양복들, 그 아버지가
남긴 퇴근 무렵의 골목길, 늦도록 허공을 떠돌던 구둣발자국


돌아서면 젖어드는 강 너머, 저 너머

# 연민 · 1
— 지상의 방 한 칸

다세대 주택 앞마당
갈라진 시멘트 틈새에 세 들었던 잡풀들이
뿌리째 뽑혀 있다

어깨가 으스러져 땅바닥에 처박힌 것이
꼭 그때의 고성댁네 아이들 같다
나무전봇대를 껴안고도 술래잡기를 잘했던
웃음이 패랭이꽃을 닮았던
이발사에게 꿀밤을 맞으면서 쥐똥 휘갈긴 사진 속 억새밭을
힘차게 날아오르던 기러기 한 무리를
하염없이 바라보던

수명 다한 시멘트 틈새에 몰래 살림을 차린 것이 죄라면
아비 없는 설움도 죄다
밀린 달세 뒤에 감춘 구차한 밥숟갈도 죄다
발바닥 쳐들고 땅에 코를 박은 세 살 박이 막내의 눈물도 죄다

지렁이 목을 움켜쥔 개미가

여여한 가을볕 속으로 사라질 때까지

철제 현관 앞의 잡풀들

이삿짐을 끌어안고 입 앙다물고 버티고 있다

# 연민 · 2
― 헐렁하다

이삿짐이 빠져나간 집은 헐렁하다
내 무뢰함을 떠받쳤던 여린 잇몸들
코르셋, 꽉 조인 가슴을 풀어헤친
소희안구건조증에 길들여진 인공눈물이
응어리 같은,
돌팔매질 같은
새의 발자국 같은

빚을 내 뱉은 마룻바닥은 헐렁하다
먼지를 걸러내지 못했던 필터의 슬픔
고집스런 문짝에 잘려나간 형체를 알 수 없는 기억들
족저근막염에 걸린 햇살들

나를 빠져나간 집은 헐렁하다
너무 오래 입어 낡은 것들
너무 늘어져서 가여운 것들
무릎과 팔꿈치가 불거져

이 방 저 방으로 토막토막 뒹굴고 있는 것이

헐렁한 시간과 기억 사이
기어이 밀고 들어오는 꽉 찬 몸이 있다
아직 짐을 풀지 못한
이제 겨우 짐을 꾸린

# 라일락 할매

봄비가 부슬부슬 내리는
인사동 늦은 오후
골동품가게 한 골목에서
한 늙은 여자 방금 볼일을 끝냈는지
연신 허리춤을 추스르고 있다

가다가 뒤돌아보니 어디가 잘못되었는지
아랫도리에 손을 깊숙이 집어넣어
이쪽저쪽 살을 어르고 있다
괜히 얼굴이 붉어져 고개를 돌리는데
설렁탕집 건물 옆에 막 피어난 라일락이
부끄러운 몸을 어쩌지 못하고 있었다

저 다 늙은 부끄러움도
한때는
라일락처럼 열세 살 소녀의
봉긋한 유두를 갖고 있었을 것이다

어린 가지 끝의 향기를
차마 다 뿜어내지 못해
제 몸을 어쩌지 못했을 것이다

아직 다 끌어올리지 못한
늙은 여자의 허리춤에
비뚜름하게 걸린 인사동 골목이
이제 막 피어났다가
어정쩡 저물고 있다

# 내려놓다

한 발을 버리고 서둘러 다른 발을 버린다
지팡이로 탁탁 바닥을 두드리며 제 발을 믿지 못하는 노인

방금 일깨운 땅을 서둘러 버릴 거면서 왜 또 새 땅을 얻으려고 애를
쓰는 것인지

건성으로 살아온 날들이 부끄럽다는 듯 자꾸 헛발을 내려 놓는다
버려지는 걸음들이 뒤뚱이며 굴러간다
휘청대는 가벼운 몸 겨우 바람이 지탱한다
앞으로 밀면 밀수록 자꾸만 오그라든다
내어 줄 것 없어 가죽만 펄럭이는
한쪽 귀만 자꾸 부풀어 오르는

지팡이가 바닥을 두드릴 때 일어나는 기억은 먼지보다 가볍다,
하여 가끔 허공을 찔러본다

한 발을 버리고 남은 발, 마저 버려도

자꾸만 뒤따라오는 발

　이제 붉은 신호에 걸린 몸 미구에 귀마저 닫힐 테지만

　바닥을 밀어낼 때 또 한 바닥이, 한 발을 버려도 또 한 발이
먼저 와서 기다리는 저 질긴,


　지팡이가 한 발 앞서 겨우 밀어내고 있다

# 집 한 채

풀이 보도블록을 사육하고 있는 아파트 단지 옆
신축공사가 한창이다

얼기설기 엮은 지붕과 벽
통풍을 위해 나뭇잎을 적당히 늘어뜨렸다

어떤 풀은 슬래브 단층집을 지었고 어떤 풀은 지붕을 힘껏
들어 이층을 올렸다
고층을 좋아하는 풀은 나무에게 임대차 계약을 맺었다 이사할
경우 원상복구를 한다는 조건으로 나무가 가진 대부분의 햇빛도
끌어다 썼다
베란다를 넉넉히 소유한 풀은 새들에게 제 몸의 일부를 등받
이로 내어 놓았다
솜털 보송한 꽃판 차양을 무상 제공하는 것도 잊지 않았다

풀의 집을 기웃거리던 내가
풀의 집을 넘던 새와 눈이 마주쳤을 때

경계의 소유가 내게로 넘어왔다

신발을 벗어든 새가 이 집에서 저 집으로 옮겨 앉을 때

나는 내 집 베란다와 지붕과 벽이 생각나지 않아

자꾸 눈을 깜빡였다


대규모 택지에 무허가로 들어선 풀의 집들

새가 쉬 들락거리는 것은 방범이 허술하기 때문은 아닐

것이다

먹을 것을 잎사귀 안쪽 깊이 감추어둔 때문은 아닐 것이다

노래를 숨겨놓았기 때문은 더욱 아닐 것이다


집 한 채 얻는 일은 경계를 벗는 일이라고

풀의 집이 슬쩍 말을 흘렸다

# 소유에 관한 고찰

나비 한 마리 나뭇가지에 걸려있다
바람이 밀어냈지만 꿈쩍도 않는다
적선을 할 요량인지
날개를 꼭 움켜쥐고 있던 나뭇가지가
힘껏 껴안아준다
죽음을 맞이한 지 한참 된 푸르스름한 날개
볼을 대면 포롱포롱 날아오를 것도 같다

죽음을 둘러보는 낯선 눈은 없다
오래 전부터 그래왔던 것처럼
주변은 제 둥지를 떼어주었다
버둥거림의 기억이 남은 다리에선
새벽부터 쉬지 않고 달려온
제 소유의 땅이 대롱대롱 매달려있다
쉬지 않고 파닥인 날개의 소유라 하기엔 미흡하지만
돌아갈 길을 잃은 날갯짓이
별빛 아래 평화롭다

얼마만큼 가져야 소유를 충족시킬 수 있는지
설문조사를 한 적 없지만
아랫입술수염의 떨림이 발설의 수위를 밀어낼 때
수천 개의 낱눈 겹눈에 모인 소유의 기쁨이
진눈깨비처럼 흩어지는 것을 보았다
지쳐 쓰러질 때까지
날갯짓 아래 거둬들인 땅
누군가가 거저 내어준 친절까지

식물채집에 열중인 아이, 나뭇가지에 걸린 나비의 일생이
바람보다 가벼운 것을 아는지
입김을 호 불어본다

# 무료숙박사유서

철새들이 한바탕 습지를 답사하고 간 후에도
물 위에 남겨진 한 무리는 좀처럼 떠날 줄 몰랐다
착지하지 못한 날갯짓 소리가 귓가에 파닥이고
허공을 박차던 발가락이 눈가를 찍어대도
실연당한 연인처럼 한 발도 떼지 못했다
저 북유럽을 떠나올 때 어긋났던 시차 때문이었는지
제 날개 속에 깊이 묻은 슬픔을 쉽게 꺼내들지 못한 새들은
오늘은 또 어디서 하룻밤을 보내야 하는 것인가


00개발이라는 화려한 수사 또는 명사를 앞세워서
 두 발을 딛고 잠들 수 있는 퀴퀴한 골목길과 헐렁한 습지는
줄어들었다
 가지런히 구획정리를 하고 목재 데크에 일련번호를 붙인 다음
 사진 찍기 좋은 곳, 전망 좋은 곳, 부들 군락지, 갈대 군락지로
명명하고
 먼지 한 톨 없는 길목마다 나일론 깃발을 높이 펄럭이며
 카메라와 사람들의 북적임에 오금이 저릴 뿐

애초에 우후죽순 지저분한 것이 속성이었던 숙박의 사유서를
이곳 관계자들에게 미리 제출하지 않은 실수는 있었다하더라도

해마다 습지를 찾아오는 이유에 대해서는 오랜 묵계였다
여린 살을 깎아낸 가난한 날개들이 지나쳐왔을 수십만
킬로미터의 외로움과 밤의 고행은
단지 백과사전에 숫자로만 기록했을 습지개발서의 잉크와
'00습지개발보고서 성공적 완료'라는 도장이
살얼음 진 물가에 흐물흐물 녹아 없어질 때까지
하늘을 떠도는 여린 가슴에 낙인처럼 찍혀지고 있을 것이다

저 북유럽의 습지나 이곳의 습지가 지상의 마지막 남은 무료
숙박지라고
오늘 밤 담요를 덮어쓰고 다시 한 번 긴 보고서를 작성할 요량
인지
밤늦도록 철새들은 돌아오지 않았다

# 따뜻한 동네

애타게 찾습니다~
특징 1. 마당에서 키워서 털이 지저분함~
     2. 눈물이 많고 눈곱이 많음~
     3. 매우 순함~
     4. 10년 동안 키운 가족같은 동물입니다~
        보호하고 계신 분은 연락 부탁드립니다~
        성의껏 사례하겠습니다 ˜

5월초에 잃어버린 수컷 시추를 찾기 위한 애절한 호소가
마침표를 밀어내고 줄줄이 이어가던 말이
큼지막한 강아지 사진 아래 찾는 즉시 현수막을 떼겠다는
주인의 군건한 약속이
몰아치는 바람을 간신히 붙든다

주인의 땀 냄새가 가물가물할 시추의 두 다리와 애절한 눈빛이
풀어졌다 날이 서기를 반복할 동안
글자에 갇힌 희망이 한 줄기 소나기에 뿔뿔이 흩어진다

잃어버린 것이 강아지인지, 강아지에게 쏟아 부은 사랑인지,
대상에 의한, 대상을 위한 상실감 사이
나도 현수막 하나 슬쩍 내건다


애타게 찾습니다~
특징  1. 한 번도 몸 밖에 혼자 내 보낸 적이 없음~
　　　2. 아무리 슬퍼도 절대로 눈물을 흘리지 않음~
　　　3. 순해보여도 건드리면 가끔 발톱을 드러냄~
　　　4. 오래 함께 살아서인지 윤곽이 희미함~
　　　　보호하고 계신 분이 있다면 성의껏 사례하겠음~
　　　　단, 있는 그대로 보호해주시기를 바람~

# 벌레의 길

이름 모를 벌레가 길을 간다 길을 만든다 아무도 눈치 채지 못하게 살금살금 야금야금 발걸음을 먹어치운다 나무 잎사귀가 벌어들인 그늘은 온전히 벌레 몫이다

사라진 길에 명함이 꽃잎처럼 떨어져 내린다 구둣발이 밟고 지나간다 흩어진 꽃잎들이 길에 가득하다 짓이긴 이름이 팔랑이며 나무에 걸쳐졌다가 근처 아파트에서 울려 퍼지는 체르니에 요동을 친다 간신히 찾아낸 벌레의 길이 새벽별처럼 깜박 깜박 저문다

벌레들이 사람의 길을 먹어치우고 제 길을 만들어가는 동안 전력난을 예고하는 방송이 덥썩 도시를 베어문다 어둠을 길들이는 법을 아직 익히지 못한 사람들은 나뭇가지의 그늘에도 길을 잃는다 도로마다 번호를 붙이고 이름표를 매달고도 살얼음판이듯 조심조심 걷는다

벌레의 이름 따윈 아무러면 어떤가 벌레들이 만든 길엔 이름 표도 번호도 없다 나무 아래 씨줄 날줄로 얽힌 길, 나뭇잎들이

폭풍우를 몰고 오고 우산을 날려버린 사람들이 허둥댄다 아파트
창문에 엑스자 강력 테잎이 붙여지고 벌레가 만든 길은 폭풍
속에서도 지워지지 않는다 다만 바람에 잠시 기댈 뿐

# 사과의 시간

비탈진 길모퉁이의 커피하우스

봄으로부터 몽글몽글 모여든 햇살이 유리창에서 새와 사과나무를 키우고 있다

몸의 기울기를 조절하고 위로 뻗은 가지는 열매의 중력을 걱정하지 않는다

새가 오래 나뭇가지에 앉아도 햇살은 그들의 관계에 끼어 들지 않는다

새들이 쪼아 먹은 사과들이 떨어질 때 커피하우스의 바닥이 잠시 움찔한다


오래지 않은 과거에 이 일대가 과수원이었다는 것을 커피 하우스의 주인은 알고 있었던 것인지 이렇듯

봄 햇살을 유리창에 잔뜩 풀어놓고 있다


그때의 사과나무가 비탈진 몸은 그대로 두고 하늘 가득 열매를 잔뜩 매달 때 농부도 제 비탈과 바람은 그대로 두었다

봄이면 그의 등에 핀 흰 사과꽃들이 해마다 비탈을 일으켜

세웠을 것이지만
　사과봉지를 씌울 때 봄으로부터 몽글몽글 햇살을 불러 모아
노역의 세월을 푹 삭히고
　경사의 날을 단단히 고정시켰을 것이다


　커피하우스의 유리창 나뭇가지에 촘촘히 매달린 둥근 햇살들
　유리창 가득 미끄러져 내리는 몽글몽글 사과들
　새가 덥석 한 입 베어 문다


　비탈에 새로 문을 연 커피하우스, 사람들 앉았던 발밑에 새가
뱉어낸 사과 씨앗으로 가득하다
　발아하려는지 바닥이 꿈틀 일어서고 있다

# 가면놀래기

진열장 유리에 들어앉은 도심의 거리는 경쾌하다
얄팍한 지갑이 던진 싸구려 호기심이 반짝반짝하다
가끔,
'두께가 조금 얇다, 생각의 깊이가 없고 속이 빤히 들여다보이다'의
얄팍하다는 낱말에 놀란 진열장 유리의 '무게'가 휘청하다

유리창 너머 단체 관광객들이 떼 지어 지나가고
대륙에서 대륙으로 자본주의의 뒤를 쫓는 파랑 발걸음들
코트 깃을 세우며 누군가에 쫓기듯 종종 걸음 치지만

멈칫 멈칫 흘깃거리는 지루하고 낯선 응시 뒤
어디로 가는지 모르는 미덕을 향한 소비의 행진들이
줄줄이 진열장 유리에 코를 꿰인 납작한 삶들이 끊임없이 어디론
가 전송되고 있다

그 사이 얄팍한 진열장을 탈출한 가면놀래기 한 마리
싸구려 자본주의를 흉내느라 꼬리지느러미가 바쁘다

오직 소비만이 삶의 미학적 거리를 계산할 수 있다는 것은 아는지
소비의 미덕을 외치며 단체 관광객들 사이를 힘껏 유영하고 있다

# 고요한낮

여름 한낮, 초록 물살을 거느리며 잉어가 납신다
유영이 눈부시다
갈라지는 물살에 수면 위의 나무들이 싹둑 잘려나간다
잎들이 후두둑 떨어진다

물살이 가르는 몸들 기하학적 관계였던가
움켜쥔 땅 위의 시간들 연못이 울컥인다

후두둑, 빗방울처럼 비둘기가 듣는다
반질반질한 등허리가 여전히 무지갯빛이다

'함부로 먹을 것을 주지 마시오'
비둘기, 경고판을 못 읽었는지 구릿빛부리로 떼를 쓴다
구경꾼들, 빈손의 러브콜에 몸을 인질로 삼는다

다시 평정을 되찾은 연못이 역학적 관계로 재구성된다
잉어와 비둘기가 나뭇가지가 서로를 팽팽히 겨누고 있다

햇빛이 플랑크톤처럼 떼 지어 몰려다니고
숨소리조차 수면을 흔들지 못한다


오래 전부터 나는,
잉어 입이 갈라내는 물살이었든지, 싹둑 잘려나가는 나뭇가지
였든지,
그 위에 걸쳐진 물풀이었든지,


고요한낮, 큰 사건이 시작되었다

# 환하다

낫 거머쥔 손 휘두르며 풀 메는 노인
등이 환하다

구부러진 등짝에 햇살 가득 둘러메고
이따금 허리춤을 추스르다
흘러내린 것은 풀에게 던져주고
선잠 깬 벌레들 입안도 가득 채운다
남은 조각은 온전히 새들 몫이다

바람이 몰래 햇살을 덜어 그루터기 옆 졸고 있는 토끼 눈 언저
리에 선심을 쓴다
노인의 둥근 등짝 여전히 환하다

이 봄, 더 이상 휘어질 게 없다는 듯
등 가득 햇살 출렁이며
풋내 가신지 오랜 생을 천천히 고르고 있다

제 **3** 부

지지 않는 봄

# 연혼漣痕

너는 연혼,
전생의 나이다
아니면 후생의 나일지 모른다
퇴적층에서 태어난 나는
퇴적층에서 너를 만나 이곳으로 흘러들었다
일정한 형태가 없어 좋은
일정한 형식이 없어 좋은

나는 연혼,
후생의 너이다
아니면 전생의 너일지 모른다

잡을 수 없어 좋은
잡히지 않아서 좋은

쉬지 않고 흐르는
어디에도 닿지 않아 좋은

# 부화를 꿈꾸다

칠레산 청포도를 먹다가
비릿한 물 냄새를 맡는다
부화를 기다린
저 오종종한 눈알들이
햇살아래 투명하다

아작아작 씹혀서 목으로 꿀꺽 넘어가는 청포도
남미대륙너머 태평양의 거친 파도를 타고 넘는다
오래 전 심연을 떠돌던 반투명의 껍질
포도알 같은 눈 하나 박혀서
굽이치는 물살에 씨앗을 심고 싶은 것이다
깜깜한 어둠을 불러내어
단 한 번의 부화를 꿈꾸는 것이다

칠레산 청포도에 매달린
부화의 시간을 하나하나 따 먹는 내내
혀끝에 놓인 저 먼 대륙의 숨 가쁜 걸음의

들숨날숨들의 생명들이
비릿한 껍질을 벗어던지며
입안에서 탁탁 터지고 있다

# 금오도동백

나, 뛰어 내릴래
붙잡아도 뛰어내릴래
안 붙잡을 거 아니까
모른 척 뛰어내릴래

치맛자락 있다면
펄럭일 것이네
바지 속단 날리며
이마 하얗게 태우며
눈 뜨고 뛰어내릴래

붉게 지는 해 닮고 싶었네
떠오르는 아침이 되고 싶었네
섬을 떠돈 비린 한 생
심장이 딱 멈추듯
당신이 배경으로 있을 때
뛰어내릴래

나, 붉게 뛰어내릴래
펄럭이며 뛰어내릴래
아무도 붙잡을 수 없는 속도
당신에게 잡힐 속도로만

예쁘게… 예쁘게… 그렇게

# 지지 않는 봄

낮은 지붕을 가진 집들
담장이 없다
집들 사이사이 누가 심었는지 모르는
여러 그루의 벚나무가 이 집과 저 집의 경계를 허물었다가
이어붙이고 있다

가끔 한길로 난 길이 잘못 들어
집 안방에서도 저자거리의 싸움광경을 볼 수 있고
누가 찾아오는지 한 눈에 알아채어
먼 눈빛으로도 세상을 가늠할 수 있지만
그 집에 사는 사람을 본 적은 없다
유리창에서 새어나온 불빛을 어림잡아
분명 지난겨울을 잘 이겨낸 사람일 거라는 짐작만 할 뿐

고만고만한 길이 끙하고 언덕길을 오를 때
어깨동무가 느슨한 집들도 허리 병을 앓는지
덜컹 창문이 흔들리면

벚꽃이 후루루 낮은 지붕으로 뛰어내리는 것이다
근처 봄꽃들도 아무 망설임 없이 그 위를 덮는 것이었다

봄철 한 때의 풍경이 금세 지지 않는 것은
낮은 지붕이 꽃잎을 꼭 끌어안기 때문이다
떨어진 꽃의 향기가 낮은 지붕을 꼭 끌어안기 때문이다

# 新 셋방살이

게발선인장 작은 화분에 사랑초 한 뿌리가
이사를 왔다
전세계약서도 쓰지 않고
부동산 소개소도 거치지 않고
야반에 몰래 왔다

세간도 없이
단출하기 그지없는 조용한 이 행보를
알아채는데 약간의 시간이 걸렸는데
높은 화분의 담을 넘을 사다리차도 없었고
요란한 탑차의 수선도 없었으므로
모른 척 해야 하는데

이 어정쩡한 동거는 어떡해야 하나
이미 한 번의 철거를 감행했지만
다시 그 자리를 꿰찬
처절한 생존의 투쟁

떠날 수 없어 더욱 구차한

의자 하나로 마지막 생을 지킨

그때의 재건축 단지의 노인이었을 것만 같은


생의 방이 서러운 사랑초의 어정쩡한 이 한낮!

# 렌소이스의 먼지

햇빛이 있을 때만 출현하는, 그 속성이 가볍다, 가볍다 못해
만져지는 것도 싫어한다
가볍고 끈적끈적한 그 속성은 한밤중 도시의 노란 깜박등 닮
았다

너는, 아무도 몰래 내게 오는 것을 좋아한다
오래 게으른 햇빛에 일억삼천육백만 년 전의 알로사우루스가
게슴츠레 눈을 뜨며
여행에 지친 바지 뒤 호주머니 속으로 잦아드는 어둠을 킁킁
핥아댈 때처럼
삿갓등을 감춘 골목길의 흐린 아침에 발뒤축을 질질 끌고 내게
오는 것을 즐긴다,

가끔,
쥐라기의 초지에서 불어오는 바람은 유년의 태풍에 익숙한 내
방의 창틀처럼
마음이 흔들흔들하기도 했을 것이다

바람을 미치도록 좋아해서 이따금 속성의 본질을 의심받기도
하지만
바위에 기댄 따개비의 눈물처럼 느슨한 습기를 가진 등에 바짝
붙어 숨기도 좋아한다

우기의 시간이 오면
너는, 한순간에 사라진다
거침없이 심장의 수문을 열어 너에게서 떠났던 수많은 은빛 물
고기와 발이 빠른 거북이와
깃이 작은 도마뱀과 눈이 커다란 알이 너울지는 푸른 연민의 늪
으로 돌아온다

자주 자주 말의 안장을 고치며 열하일기를 새로 기록하는 연암
이 침묵으로 새 세상을 끌어 안는 시간,

다산의 고뇌가 끌고 왔을 유배의 날들이 흠흠신서欽欽新書에
노을로 물들 동안,

# 가을의 전설

날개를 감춘 붉은 고추가 제 몸을 애벌레처럼 뒤집는다
평상에서 가지를 널다만 할머니가 따다 내팽개친 수세미처럼
쪼그라든다

흰둥이가 제 몸보다 큰 그림자를 못 이겨 느티나무 그늘에 첨벙
뛰어든다
잡초더미를 헛간에 던져놓고 잠에 나인 할아버지 툇마루에 대자
로 뻗는다

한 치 씩 길을 베어 삼킨 지렁이 아직도 남은 생을 어찌할 바 모
른다

가을햇볕이 발라놓은 수많은 생의 가시들
그늘이 감춰놓은 수많은 몸의 언어들

가을 햇볕은 한 판 뒤집기다
초록이 꼬들꼬들 익어가다 뒤집히고

한낮이 꼬물꼬물 기어가다 뒤집히고
뒤집어진 가을이 제 허벅지를 북북 긁어대고

# 가을청명

  비닐봉지가 바람에 날리자 가을이 우수수 솟아올랐다

  바람보다 가벼운 것이 여기 있다는 듯 형광조끼의 남자가

집게를 쩝쩝 거리며 바닥으로 떨어지는 가을을 열고 들어간다

  무르팍을 허리춤에 감추고 허공을 벨 때,

  마른 나뭇잎들이 찌익 찍 새소리를 내며 그의 구부린 등 위를

올라탄다

  버려진 것들, 날카로운 발톱을 내보이며 으르렁 거려도

  비닐봉투 입을 벌려 가볍게 쓸어담는다


  함부로 버려진 말보로 빈담배갑 음료 캔 사탕봉지 잇자국 난

햄버거 꼬치구이 막대기 이종격투기 다이어트 전단지 일회용 종이

컵이

  저도 가을꽃이 되고 싶어 바닥에 허리를 눕힐 때

  산꼭대기서부터 달려오는 단풍의 속도에 가슴이 뜨끔했을까

  손아귀에 모인 단풍이 세상에 투망질 할 때 몸은 사렸을까


  기억의 조합을 꿈꾸는 듯 사내가 눈 부릅뜨고 바닥을 응시할 때

가을은 단풍이 달려온 속도만큼 제 몸이 반드시 붉어야 한다는 것을 알았지만

　허공에서 쩝쩝거리던 집게, 비닐봉지가 우우 늑대 울음소리를 흉내 내는 것에 먼저 자리를 피해주었다


　저무는 가을길이 서둘러가지 않는 것은 부끄럼이 놓인 자리를 누군가 단풍빛깔로 물들이고 있다는 것인데

　혹 남겨진 것들은 생을 유보한 키 큰 나무가 제 가슴의 진액을 뽑아내어 그 위를 덮기 때문인 것인데,

# 쓰레기를 채우며

비우는 것이 아니라 쓰레기는 채우는 것이다

나는 버리면서 또 한 쪽을 채운다 버리고 교체하는 사이 집 한쪽은
가벼워지고 또 다른 한 쪽은 기울어진다 수없이 풀고 묶는 사이
비닐봉투는 커다란 집 한 채가 된다

거실 가득 널브러진 시간들 적막한 터널이 관통하던 꼬깃꼬깃한
쓰레기들 세상 몰카를 피해 은밀히 채워지던 욕정의 순간들 유효
기간 지난 모든 희망들이 봉인된 채 끊임없이 부풀어 오르고 있다

집안 구석구석 다 비워내면 텅 빈 것이 다시 벽면들을 가득 채운다
광장이 된다 진공청소기가 지나간 광장 가득 애벌레들이 꾸물꾸물
기어 나온다 버릴 것들이 발가벗은 유태인처럼 가스실로 향한다. 내
유예된 봄날이 봉투 가득 채워진다

버려진 커다란 집 한 채 서둘러 묶는다 발버둥치는 나를 본다

# 소신공양

겨울채비를 앞둔 길가의 화단이 비워지기 바쁘게
누군가의 발자국이 꾹 심어졌다
장난삼아 눌러놓은 것일 테지만
둘레를 따라 금세 실뿌리가 돋는다

폭력을 들어 올린 당찬 실뿌리의 힘
한여름 타올랐던 맨드라미 칸나며 페추니아 백일홍이
소신공양의 허물을 뒤집어 쓴 채
제 사라진 몸을 그리워하고 있는 것은 아닐까
퍼즐 조각처럼 제 생을 다시 맞추고 싶었던 것은 아닐까

폭력을 끌어안은 실뿌리가
저만치 다가온 겨울을 꼭 끌어안고 있다

# 화분의 질량

재개발 고층 아파트 난간의 어린 화분들이 즐비하다

절규에 내몰린 막다른 골목에서 비상구에서 길을 잃은 어린
생명들

한 치 앞 무욕의 경계에서 화분 몇 개가 없어졌다고 해도
아무도 눈치 채지 못하듯

신문 사회면을 붉게 물들인 사춘기 어린 생명들이
계단을 숨 헐떡이며

마침내 이끼 푸른 난간에 서서 몸을 날릴 때

제 존재의 증명서를 최초 발급받을 수 있다고 믿고 싶은지
모른다

짧은 삶이 획득한 순수한 질량의 무게를

딱 한 번 진짜로 느껴보고 싶은지 모른다

난간 위 화분,

털끝 하나 다치지 않게 온몸으로 꽉 껴안아라

처음부터 참이었다고 온몸으로 속삭여주어라

# 용서

눈치 없이 제 젖가슴을 한꺼번에 다 열어젖힌 봄꽃 탓이다
밤새도록 잠을 뒤척이는 노숙자의 이불이 되어준 탓이다

휘황한 거리를 헤매는 양복과 반짝이는 하이힐을 할퀴며
스스로 찻길에 몸을 내던진 야만의 꽃발톱들이여

하지만,
바른 생활의 아이처럼 아직 순서를 기억하는 봄꽃도 있어
봉오리 반쯤 열고 기다리는 저 능청은 어떡해야 하나

꽃들이 차례로 피고 지는 것에 익숙한 습관적 습관을
이제는 버려야 할 때
당신은 한사코 내 옆에서만 피어야 한다고,
그것이 사랑이라고 우기던
내 유일한 사랑의 보법을 이제는 버려야 할 때

킥킥거리며 뒷담화를 터뜨리는 봄꽃들이여

바닥에 뒹굴 때조차 제 가슴을 여미지 못하는 것이
어디 봄꽃들만의 습성이랴
생의 한 칸에만 웅크린 당신의 습관 탓이랴

한꺼번에 핀다는 것은
한꺼번에 진다는 말
여러 겹의 당신 한꺼번에 내게 왔듯
여러 겹의 당신 한꺼번에 떠날 테니
이제는 바닥에 떨어진 저 무수한 꽃잎을 용서할 때,

# 봄, 삼청로

휘어진 길
휘어진 집을 따라
사람도 따라 휘어지는 삼청로 4길
도로변 은행나무가 엉거주춤 바퀴를 굴리고 있다

옷가게 앞의 나무는 어깨가 잘렸고
칼국수 집 지붕에 걸린 나무는 팔을 도려내었다
카페테리아 난간의 나무는 척추를 일으키지 못하고
액세서리 가게 유리너머 나무는 가슴이 밖으로 굽었다
그러나 하나 같이 하늘을 향해 바퀴를 내달리고 있다

제 모양새가 휘어진 것은
제 삶이 엉거주춤한 것은
침묵하는 정의 때문이라고
겉치장에 양심을 벼린 집 때문이라고
눈칫밥 이권에 길들여진 사람 때문이라고 항변하는 것을
이 길을 가는 내내

귓가에 찰랑였다

제 가슴에 아기 손톱만한 눈 아린 연둣빛 잎을 달고 있는
삼청로의 은행나무들 그 난만한 가지 사이로
봄 햇살이 눈치 없이 휘어지고 있을 뿐

# 신발에 대한 정의

한 때 신발을 식구라고 생각했다

신발장의 번영에 들떴지만
혹, 출처 불분명한 근거를 염려하여
오판의 가능성은 조금 남겨두었다

통가죽, 세무 앵글부츠, 폴리합성 신발들이
신발장에 게으르게 누워
식구라고 우길 때
고개 끄덕이며 쓰다듬어주었다

어느 겨울, 신발들이
진눈깨비를 묻히고 돌아와
집안 깊은 곳에 제 발을 감추었을 때
불안에 잠을 설쳤는데

애초 신발들은 신발장을 채우기 위해 존재하는 것이 아니라

빈자리를 잠시 빌렸던 것이라고
탄소동화작용 시험장이 필요했던 것이라고
이웃집 늙은 여자가
사전적 정의를 시큰둥하게 일러주었다


혹, 출처 불분명한 근거가
신발장을 대신 채우는 것을 이 날, 본 듯도 하였다

제 **4**부

바다, 그늘고요

# 바다, 그늘고요

바다로 난 나무 등걸에 기대 책을 읽고 있는 남자
낮달 같은 이마를 소나무 가지가 덮고 있다

이따금 파도가 그 남자에게서 고요를 떼어놓았지만
소나무 잎사귀가 잠시 움찔했을 뿐
그 사이로 얼비친 흰바다갈매기의 날개가 푸드득 댈 뿐

어깨에 앉은 파리가 소스라치며 공중으로 미끄러질 때
책을 든 손이 어디론가 사라져버릴 것만 같은
남자를 받쳐 든 등받이 의자가 모래 속으로 꺼져버릴 것만 같은

책 속으로 바다가 들어가자
낮달 같은 이마를 가진 사내가 뒤따라 들어가고
소나무도 알아서 들어가고

# 껍질 · 2
— 고백


빈 껍질 속에 모래가 가득하다
빈 껍질 속에 바람이 가득하다
빈 껍질 속에 햇빛이 가득하다

아이가 자박자박 걸어와 모래에 앉고
아이가 뜀박질하며 바람을 마시고
아이가 깨금발로 다가와 햇빛에 안기고

속을 다 덜어내어야 가득하다는 말
빈 껍질이 되어서야 알았다

바다에 이르지 못한 사람들
모래 언덕에서 껍질만 지키고 있다

# 쪽잠

포구에 고삐 꿰인 해동호
음메 음메 소 울음 울고 있네
언제 저 바다를 쏘다녔는지
발굽이 내려앉도록 풀을 뜯었는지
코뚜레 치켜들며
으헝으헝 싯누런 콧김을 뿜었는지
거친 물살에 몸이 갈라지도록
아랫배 눌리도록 뱃고동을 불었는지
기억이 가물가물하네
몇 달 전 사기당해 울화병도진 선장의
검게 그을린 콧등도 가물가물하네

이제라도 선장이 돌아온다면
까칠한 턱수염 그쯤은 참아줄 수 있네
고래심줄 고삐로 포구를 둘둘 말아놓고
파도의 경호를 받으며
코뚜레 치켜들고 으헝으헝 고등어잡이를 나갈 것이네

풍어의 그날 위해 쪽잠을 자두기로 하네

# 그물의 시간

거뭇거뭇한 바다의 새벽,
쪽잠을 떨쳐 내고 벌건 눈 부릅뜬 채
몇 날을 달려 온 갑판 위의 선원들
더 이상 물러설 수 없는
마지막 생의 영토를
바닥에 단단히 고정한다
아이를 어르듯 저인망 그물을
투승점에 부드럽게 풀어 내린다
세찬 바람과 흔들리는 중심, 뱃멀미가 덮쳐도
파 내려가면 갈수록 뿌리 깊은 아카시처럼
바다를 꽉 움켜쥔다

저 컴컴한 바다 속
그 누구도 알지 못하는 생이 있어
못다 채운 허기진 삶이 있어
그물을 자꾸 삼키는 것일까
그물이 걸어 들어간 길 소용돌이치고

포말이 입구를 단단히 봉해버린다

수억의 바다를 난다는 전설의 붕새가
만선을 끌어올린다는
저 은빛의 날갯짓을 기다릴 뿐

집어등 환한 불빛 아래 바다의 시간이 익어갈 때
뭍을 향한 외로움에
고집 센 뱃머리에 이마를 더러 짓찧기도 하지만
하루에도 몇 번씩 그물을 던져야만
살 수 있는 이들의 삶의 방식

네모의 칸칸, 그물영토에 씨앗이 파종되고 쑥쑥 커고 있다는 걸
진작 알고 있는 것이 분명하다

# 바다가 운다

가끔 바다도 슬플 때가 있다

바람에게 등을 내주고 어깨를 들썩이며 엉엉 울 때가 있다

마르지 않는 하수구처럼 솟구친 분노에 갇혀 출구를 찾지 못한 아이처럼

구석에 처박힌 채 아무렇게나 구겨질 때가 있다


고비모래를 삼킨 바다는 온통 황토빛, 부유하던 낙타와 말과 소의 털 나부랭이는

염수鹽水에 간간하게 간이 배었겠지만 가도가도 닿지 않는 당신의 문 앞에서 절망에 깊게 패인

발자국을 내려놓을 때의 회백색 설렘이거나

생을 분출하지 못한 어느 사내의 모래기슭에 꼭꼭 숨겨놓은 어긋난 사랑이거나

혹은 노암지대露岩地帶를 넘지 못해 뼈다귀만 남은 사랑이거나

프로토세라톱스의 뼈와 공룡 알들처럼

껍질이 잘게 부서져 형체를 알 수 없는 당신이거나

날지 못하는 새, 모노니쿠스가의 항변처럼

거짓말을 할 수 없어 더욱 슬픈 질료들이 뒤섞인 사랑이어서

다 저녁에 쪼그리며 우는 사내가 있다
주둥이에 술병을 물고 바닥을 뒹구는 사내가 있다
슬픔이 뭔지 정말 아는 것 같지 않지만
사랑이 뭔지 아는, 북받치는 가슴을 가진 사내가 있다

# 바다를 대출하다


수산시장 난전에 연신 바닷물을 퍼 올리는 아낙
버둥거리는 생선아가미에 칼끝을 콱 쑤셔박다가
도마에 번지는 선홍핏물이
봄날 바람난 영산홍 같다고 생각하다가
이틀 전 먼 바다로 떠난 남편의 뒷모습이 자꾸 캥긴다

출항 전, 가래 끓던 등을
새벽어둠을 뚫고 가던 그 눈빛을
생선 비늘 쳐내듯 칼등으로 빡빡 긁어내다가

아무래도 하늘빛이 심상치 않다고
궁시렁 궁시렁 등을 긁는
문간방 노인의 실룩임도 힘껏 내리치다가
배를 따자 좌르르 쏟아지는 검붉은 내장이
막 떨어지는 해처럼 을씨년스럽다고 생각한다

소금기가 파리 떼처럼 달라붙고

날마다 토막 치고 내장 빼던 세월은
상환불능의 고리대금 이자로 불어났어도
날마다 무이자 바다를 대출하고 사는 바닷가 사람들
좌판은 절대 부도나지 않는 통장이라는 걸 잘 안다

아낙, 바닷물을 휙 뿌리며
생선 대신 '무사귀항' 네 글자를 도마 위에 사뿐히 올려놓는다

# 바다를 버리다

꽃장화 신은 아내가 통발을 정리하면
포구를 향해 뱃머리를 돌리는 어부
한 시도 안 빼고 아내를 사랑했느냐는 갈매기의 질문에
더러…빼고…사랑했지…암!
한 음절 쉬며 함박웃음으로 맞받아친다

41년의 사랑은 말줄임표가 더 많지만
바다를 떠나 살 생각 없었느냐는 파도의 진지한 질문에
다른 건 다 버려도 아내와 바다는 절대 못 버리겠노라고
돌게, 우럭, 도다리까지 한데 묶어 단숨에 저수조에
던져넣는다

망설일 시간이 없다는
망설인다는 건 사치라는 그의 등은
퇴적층처럼 단단하다
파도가 힘줄을 일으켜 이들 생을 떠밀어도
밧줄을 더욱 힘껏 동여맨다

어부의 굴껍질 같은 거친 사랑고백에
파도를 일으키던 바다가 맥없이 주춤주춤 뒤로 물러선다
버리지 못한 것들로 가득한 생의 후반
꽃장화 신은 아내를 통발에 새겨두고
배가 포구에 닿을 때까지
작업복 단추를 단단히 채운다

# 폐선

한바탕 소나기가 지나간 여름날
지렁이 뱃속 같은
구불구불한 골목을 벗어나서
전차 종점을 지나 남항으로 빠지는 길
아이들은 새로운 바다를 찾아
몇 번이고 골목을 돌고 돌았다

그 바다는,
처음 보는 사람처럼 낯설었다
더 이상 갈 데가 없는 폐선들이 옹기종기 모여 있었다
모두 약속이나 한 것처럼 한 쪽으로 기울어져 있었다
어떤 것은 반쯤 엎어져 있기도 했다
기름띠가 배 주위에 모여 들어
마치 개미 떼가 죽은 동물의 앙상한 살점이며
뼈다귀에 붙어 마지막 먹이를 나르고 있는 것처럼 보였다
누군가 버리고 간 고요에 몸서리쳐질 때
목덜미에 훅, 뜨거운 기운이 스쳤고

반쯤 드러난 태반이 기름 속에서 가면처럼 떠 있기도 했다
더 이상 갈 데가 없는 사람들도
가끔 이곳을 찾는다는 말을
누군가 귀에 대고 속삭였다

이 세상 어둠이란 어둠을
다 먹어치울 것처럼 팽창한 시커먼 담치가
폐선의 옆구리며 선교까지 다닥다닥 덮여 있었다
저녁 햇살이 쥘부채처럼 펼쳐져 폐선을 덮을 때까지
아이들은 늦도록 담치를 따느라 손을 베곤 했다
그때, 밀물이 스멀스멀 몸살처럼 폐선을 덮치고
기름띠를 순식간에 흩어놓는 것이었다

# 권주

장작 아궁이가 활활 타오른다
마른풀로 잔가지를 누르며 불을 갈라놓는
노인, 새색시처럼 달아오른다
앵두나무 후드득 바람에 잔가지를 흔들 뿐
그 잎사귀 마당에 구를 뿐
찾아오는 이 없다

흙벽의 터진 이음새에 뿌연 연기가 몽글몽글 모여들고
깨지고 벌어져 판자를 덧댄 부엌문
꽉 물린 아귀가 뒤틀린 지 오래
굽은 등 펴보지 못한 지도 오래

"자, 한 잔 하이소"

노인, 부뚜막에 술 한 잔 올린다
잉걸불에 익힌 부침개도 그 옆에 놓는다
어디선가 부엉이 울어대고

무쇠솥이 푹푹 끓어오르고
노인의 얼굴도 후끈 달아오르고

# 소금아버지

땅,
게으른 흙덩이를 일으킬 때
겨울,
풀뿌리 닮은 돌멩이를 골라낼 때
무릎,
뚝뚝 꺾으며 새 길을 낼 때

아버지,
몸에서 한 됫박 소금도 만들어내신다
밖에서 들여온 어떤 재료도 없이
솎아내고 다듬는 빠른 손놀림이
써레질 지루한 시간을 철벙철벙 건너와서
비워도 가득 차는 쌀자루처럼
관절마디마디에
굵은 소금을 채우신다

혹,

누군가와 뒷거래를 했는지

주변을 둘러보았지만

종일 물총새만 아버지 부근에 머물다 갈 뿐,

아버지 앉았던 자리엔 바람에도 흩어지지 않는

거칠고도 하얀 결정이

햇살 바른 언덕의 2월의 잔설처럼

봄꽃의 길을 만들어내고 있다

# 불순

꽃등에 한 마리가 방에 들었다
노크도 없이 조용히 헤엄쳐 왔다
창가에 늘어놓은 꽃 화분을 옮겨다니며
허튼수작을 건다

길을 접었다 편 떠돌이의 습성이 흔들렸다
짐짓 태연한 척 조금씩 끌고 왔다
이 꽃잎 저 꽃잎으로 음화를 옮겨 적는 것을
숨죽이고 엿본다

살찐 포만의, 자궁이 활짝 열린 꽃들
눈을 치뜨고 암내를 배설하지만
겨드랑이 아래 다리를 쭉 뻗었다 접을 뿐
그 아래 몇 번의 생이 지나갔는지 보이지 않았다

꽃등에의 갑작스런 농락에
꽃들이 화장을 고치며 흥분할 때

나는 내가 지나갔던 길을 세어보지 않았다

날갯짓 너머 낯선 불순이 가로로 퍼졌다가 높이 솟아올랐다
내 안의 습한 기억이 부화를 앞둔 애벌레처럼 순간 꿈틀거렸다

불량한 몇 번의 날갯짓만으로 기억의 잠을 벗는,
그 속에 태연히 잠입한
꽃등에의 이 허튼수작!

# 청춘열차

용산에서 아이티엑스 청춘열차를 탄다
도심을 뚫고 거침없이 달려가는 청춘을 만난다
창에 번진 수채화가 춘천에 닿을 즈음
세상에서 유일한 단 한 권의 책이 된다

춘천의 서럽던 그 예전의 눈물어린 풍경이
소양강에서 춘천댐 의암댐으로 방류되고
문장과 문장으로 이어져 한 권의 책이 되었다
어느 누가 이토록 단 한 번의 붓놀림으로
한 권의 책으로 묶을 수 있단 말인가

오래 전,
안개를 밀어내고 쿨럭 기침을 하던 사람들
호수가 도시를 키우는 것을 지켜보며
안개 속에서 쉬지 않고 길을 만들고 있었다
길이 끝났다고 생각한 사람들
사랑이 끝났다고 생각한 사람들

이제 막 하늘에 연을 날리는 사람들을 위해
아무런 대가없이 청춘의 도시를 만들고 있었던 것이다

청춘열차를 타면
한 날 씩 젊어진다는
새로운 전설이 만들어지는 곳
마침표 없는
이 세상 단 한 권만 있는 책을 펼치고 싶을 때
우리는 춘천행 청춘열차를 타야 한다

# 의혹과 질투

박 해 림

## 1. 굴뚝 청소부

굴뚝 청소부의 이야기가 있다. 두 명의 굴뚝 청소부가 굴뚝 청소를 하고 내려왔다. 그런데 굴뚝 하나는 깨끗했고 다른 하나는 더러웠다. 한 명의 얼굴은 까맣고 다른 사람의 얼굴은 하얗다. 여기서 누가 씻으러 갈까? 이미 아는 이야기겠지만 더럽고 검은 얼굴의 굴뚝 청소부가 아니라 깨끗하고 흰 얼굴의 굴뚝 청소부가 얼굴을 씻으러 간다. 왜냐하면 상대편의 얼굴을 보고 자신의 얼굴도 그럴 것이라고 생각하기 때문이다.

정말 재미있지 않은가? 내 얼굴의 상태를 미처 알기 전에 상대를 보고 나를 판단한다는 것은 많은 생각을 하게 한다. 이 글을 물론 인식주체에 대한 철학적 명제를 다룬 것이지만 나를 돌아보게 하는 힘을 준다. 상대와 나, 대상과 주체에 대한 의미의 모호함과 진리가 과연 무엇인가를 생각하게 한다. 힘들어도 바쁜 걸음을 쉬 내려놓을 수 없는 현대인의 삶을 보면 아니라고 생각하면서 여전히 나도 그렇게 살아야 하는가, 아니면 나의 보폭에 맞게 새롭게 궤도를 수정해야 하는가 고민에 빠진다.


## 2. 빈집

빈집의 반대의미는 가득찬 집으로 말하면 될지 모르겠다. 농촌에 가면 사람이 살지 않는 빈집이 꽤 많다. 사람이 살지 않으면 한순간 허물어지는 집은 그 집에 깃든 모든 삶의 역사까지 다 허물어뜨린다. 사람이 깃든 집. 집은 곧 사람인 것이다. 하지만 사람이 빠져나간 집은 더 이상 사람이 아니다. 그러나 도시는 어떤가? 집들이 터질 듯이 팽팽하다. 온갖 물건들과 사람이 한데 뒤섞어 팽창한다. 도시로 도시로 모여든 사람들은 집을 사람으로 짐으로 꽉꽉 채우는 것이다. 하루하루 살아가는 즐거움에 집이 가벼운가 하면 어떤 집은 하루하루 살아가는 것이 버거운 집도 있다. 사람을 집이라고 할 때 도시의 집은 터지기 일보직전일 때가 많다. 사람이 터지기 일보직전인 것이다. 생각이, 고민이, 할 일이, 즐거움이 사람을 꽉 채워서 '그대'는 어쩌면 매일매일 자신의 삶이 터질까 전전긍긍하고 있는 것이다. 제 가진 많은 것을 얼마쯤 덜어내어야 몸과 영혼이 가벼울 것이다.


## 3. 애절함

몇 년 전의 이야기다. 중앙아시아의 투르크메니스탄을 다녀온 이의 이야기를 듣고 마치 내 주변에서 일어난 것처럼 몇 날이 뒤숭숭했다. 사막을 여행하는데 늙은 개를 죽이기 위해 그곳까지 개를 끌고 온 수염 더북한 중앙아시아인을 만난 것이었다.

사막의 불구덩이를 빙빙 돌며 마치 제 죽음을 예감한 듯 한 늙은 개의 울부짖음은 처절해서 도저히 들을 수 없다 했다. 그 말을 전해들은 후 나도 잠을 잘 수가 없었다. 너무도 선명한 그 장면이 내 잠속으로 옮겨와 견딜 수 없게 했다. 어릴 때 집에서 키우던 개에게 한 번 물린 후 더 이상 개와 친절한 인연을 맺지 않았던 터였다. 이후, 살면서 늘 부딪치는 생명에 대한 예의가 비단 사람에게만 국한 되는 것인가를 돌아보게 된다.


## 4. 풀

풀은 왜 그 자리에서 계속 흔들리는가. 풀은 왜 계속 목쉰 소리를 내며 몸을 너울거리는가. 바람이 불면 풀은 몸을 앞으로 내밀었다가 잡으려하면 금세 뒤로 내뺀다. 목울대까지 타고 올라오는 그 소리는 누구의 소리인가. 그 애잔한 소리는 꼭 뒤에서만 들렸는데 돌아보면 아무 일도 없다는 듯 시침을 뗀다. 겨울이 올 무렵, 어느 길 떠난 영혼이, 차마 떠나지 못하는 영혼이 풀에 깃들어 있다가 모른 척 바람의 덕을 보려하는 것이다. 제 스스로 떠나지 못하고 있는 슬픈 이야기는 풀이 꼭 끌어안고 있다가 찬바람이 불 때마다 하나씩 내어놓는 것이다.

## 5. 사랑

사랑만한 크기, 사랑만한 무게를 가진 것이 또 있을까. 아마 이 세상에서 크기와 무게를 잴 저울은 없을 것이다. 부피 또한 어느 정도인지 알 수 없다. 그저 짐작만 하고 있을 뿐이다. 애초 사랑을 할 때 크기와 무게를 생각하고 시작하지는 않을 터. 하지만 막상 시작하면 가속이 붙어 제어가 잘 안 되는 것은 틀림없다. 서로 사랑한다고 하면서도 서로 다른 곳을 바라보고 있는 것. 그것이 사랑이 아닐까? 서로 다른 부분을 들여다보고 서로 다른 무게를 재면서 사랑을 탐하는 것이다. 사랑은 외우는 것인지 아닌지 알 수 없지만 내가 필요한 만큼 밑줄까지 그으며 외울 수도 있다는 생각을 해본다. 일방적일 수도 아닐 수도 있다. 그냥 눈동자에 사랑을 담아 구름과 함께 심심하게 흘려보내는 사랑은 집착이 아니라 정말일 수 있겠다.

## 6. 사육

산다는 것은 엄밀히 말해서 사육이 차지하는 부분이 많을 것이다. 사육이 나쁜 의미만은 아닐 터. 학교에서 익숙했던 것들 중 고양이가 있었다. 어디서 왔는지 집은 어디고 잠은 또 어디서 자는지 알 수 없지만 그 고양이는 오며가며 학생들에게 꽤 인기가 있었다. 바쁜 걸음치는 학생들의 발걸음을 잠시 멈추게 하는 쉼표 같은 녀석이었다. 학생들에게 미소와 부드러움과 친절을 만들어내게 하는 힘이 있었다. 그런 녀석이었다. 그런데 어느 날인가부터 고양이가 달라져 있었다.

몸집이 너무 커서 다른 고양이가 아닌가 생각했다. 하지만 분명 그 고양이임은 틀림없었다. 꼼짝 않고 동그랗게 몸을 말아 제 자리를 지키고 있는 것이 익숙한 몸짓이었다. 그 앞엔 햄, 소시지, 감자칩 등이 잔뜩 있었는데 가만 보니 사냥의 필요성이 전혀 없는 상태가 되어 있었다. 제 자리를 지키기만 해도 먹을 것을 던져주는 학생들의 친절이 고양이를 서서히 죽이고 있는 것이었다. 슬펐다. 움직이지 않고 동그랗게 몸을 말고 있는 고양이의 사육이 비겁했고, 선택이 어디서 왔는지 아는 것이 슬펐다.


## 7. 강 너머

기차 너머 북한강이 길게 흐른다. 어스름 저녁이 다가온다. 아직은 손에 잡힐 듯 초록의 싱그러움이 넘실거렸고 기차 유리창에 붙어 찰랑였다. 강을 낀 농촌의 안온한 풍경이 물안개에 실려 눈가에 일렁였다. 오래 전 기억들이 하나씩 꿈틀꿈틀 일어서는 것이었다. 무엇이라고 형언할 수 없는 풍경이 서로 겹치며 수채화가 되었다가 판화가 되었다가 유화가 되는 것이었는데 풍경과 기억과 냄새와 선들이 서로 넘나들며 새로운 기억을 만들어내고 있었다. 소리와 색채와 냄새가 서로 어우러져 전혀 새롭게 드로잉되고 있었다. 이것은 뭘까. 보이는 것과 보이지 않는 것, 희미한 것과 뚜렷한 것, 소리를 가진 것과 냄새만 가진 것들이 서로 어우러져 형태를 만들었다가 흩어지는 이 풍경의 아우라는 무엇일까. 강 너머 저 너머에는 도대체 무슨 일이 일어나고 있는 걸까. 그 속을 아무 일도 없는 듯 기차가 달린다.

## 8. 연민 · 1

단독 주택의 갈라진 시멘트는 잡초들이 살기 좋은 자리다. 넓은 땅만 그런 것이 아니라는 것을 이즈음 알았다. 살기 좋다는 것은 그의 생육이 튼실할 때다. 어느 날, 다세대 주택 앞에 무더기로 잡초가 뽑혀 있었다. 현관 앞 시멘트가 떨어져 나간 흙더미에서 잔뜩 뽑혀져 나온 것이었다. 질경이, 냉이, 민들레, 개망초 등이었다. 저들끼리 모여 사는 넓은 곳이었다면 그럴 일이 없었을 터였다. 이들이 살아갈 방 한 칸도 이렇듯 서러운 것임을 보았다. 뽑혀도 다시 그 자리에 누군가 채울 것이지만 방세를 못낸 누군가의 짐이 골목 어귀에 마구 내버려져 있는 모양새가 그 옛날의 고성댁을 떠올리게 했다. 그때도 다음 날이면 짐도 사람도 다 사라지고 없었다. 이들이 어디로 갔는지는 모를 일이었다.


## 9. 연민 · 2

이삿짐은 늘 불안하다. 정착하지 못한 유목민의 모습이다. 오래 살았던 아니던 일단 짐을 다 덜어낸 집은 매우 가볍다. 그곳에서 살았던 오랜 시간도 무척 가볍다. 바닥에 몸을 붙이고 있을 때는 몰랐다. 짐이란 제 자리를 채울 때와 들어낼 때가 사뭇 다르다. 당당하거나 비굴하거나 한다. 텅 빈 마룻바닥에 굴러다니는 기억들. 시간들. 너무 오래 입어서 낡은 것들과 너무 늘어져서 가여운 것들이 떠나지 못해 바닥을 굴러다니고 있는 것이다. 시간은 기억을 만들어내고 기억은 시간을 만들어낸다. 이 둘은 한 몸으로 딱 붙어 다니는 것이었다. 나는 보았다. 싱싱한 햇살도 족저근막염에 걸릴 수 있다는 것을. 절뚝이며 걸어 다니는 것을.


## 10. 벌레의 길

지난 태풍이 남긴 흔적들 중 고층 아파트 유리창에 붙인 엑스자 테이프가 있었다. 거대한 건물이 태풍을 견뎌내기가 벅찼던 때 마지못해 생각해낸 엑스자 테이프. 그것이 얼마나 큰 효력을 발휘했는지 모르겠지만 큰 바람이 물러나고도 한참동안 테이프가 고층건물 유리창에 상처의 흔적으로 남아있었다. 보도블록을 따라 걷다 벌레들이 만든 길을 보았다. 사람의 길과 벌레의 길이 유사했는데 벌레의 길이 다른 점이 있다면 구불구불한 곡선의 길이라는 점과 작고 볼품없다는 것이었다. 그런데 지난 태풍에 끄떡없었음을 보았다. 그 큰 바람에 아무런 일이 일어나지 않은 듯 보였다. 모르긴 해도 비바람이 지웠어도 다시 길을 만들었을 것이다. 엑스자 테이프가 전혀 필요하지 않았다. 위로 쭉쭉 뻗은 건물, 사방으로 쭉쭉 뻗은 길들. 태풍은 이런 길을 좋아한다는 것을 이즈음 알았다. 곡선과 달리 직선은 통과하며 다 쓸어버릴 수 있다는 것을 이즈음 보았다.


## 11. 부화

칠레산 청포도를 먹는데 물고기가 들어있었다. 이것들이 언제 이속에 들어왔나 깜짝 놀랐다. 살아 꿈틀거리는 것이 금방이라도 뛰쳐

나올 것만 같았다. 저 오종종한 눈알들이 거대한 태평양의 거친 파도를 타고 넘어왔다니. 어디에 씨앗을 내리고 싶었던 걸까. 씨앗은 생명의 신비를 터뜨리는데 있다. 부화하는 데 있다. 눈으로만 남는 것이 아니다. 네 속에, 내 속에서 단 한 번 싹을 틔우는 데 있는 것이다. 지구 어디에서건 싹만 틔울 수 있다면 꿈은 유효하다.


## 12. 동백꽃

남쪽 지방에 군락을 이루며 살아가는 동백꽃은 해마다 많은 이야기를 만들어낸다. 남해 부근의 섬은 동백꽃을 구경하러온 인파들로 몸살을 앓는다. 미처 가보지 못한 사람들은 귀동냥으로라도 들어야 한다. 소외감을 느낄 정도로 동백꽃의 소문은 도처에 무성하다. 오동도, 장사도, 금오도… 어디 동백인가 중요한 것 같지 않다. 남쪽 바다 해풍에 흔들리며 살아가는 동백이면 되는 것이다.

동백꽃은 왜 여럿이 한꺼번에 뛰어내릴까. 동백은 왜 떨어지지 않고 뛰어내리는 걸까. 뛰어내리다 다리를 절뚝이면 또 어쩌자는 것인가. 그 앞에 서면 나도 모르게 뛰어내리고 싶은 욕망이 일었다. 너에게 뛰어내리고 싶은 것이다. 아무도 붙잡을 수 없는, 당신에게만 잡힐 그런 속도로 말이다.


## 13. 봄

봄바람에 벚꽃이 후루루 지고 있다. 피었다 지는 것은 자연의 이치. 그것을 바라보는 것은 삶의 이치다. 지붕이 낮은 집을 떨어진 벚꽃이 덮고 있었고, 집과 집의 경계를 이어붙이고 있는 것을 보았다. 바닥이 얼마나 울퉁불퉁한지, 얼마나 가파른지 중요하지 않다. 벚꽃의 미덕은 상처난 맨살이나 흠집을 따뜻하게 덮어주는 것에 있다. 그리하여 그 울퉁불퉁함이 매끈한 바닥에서보다 더 부풀어 올라서 벚꽃의 아름다움을 절정에 이르게 한다.

이제 우리나라 어디를 가도 벚꽃 천지가 되었다. 진해나 여의도 윤중로로 벚꽃 구경가는 시절은 이미 지나갔다. 웬만한 아파트 동네나 길엔 벚꽃길이 되어 있다. 심지어 대학 캠퍼스, 호수나 강을 끼고 달리는 길, 산속 드라이브 길은 거의 벚꽃 길이다. 누구나 저마다 취향에 맞는 길을 골라 벚꽃을 만나기만 하면 된다. 꽃의 유용성이 벚꽃에서 한껏 빛이 나는 것이 봄이 주는 선물이다.

## 14. 먼지

먼지는 생명이 길고 질기다. 가벼운 속성을 가졌다. 손으로 잡을 수도 없고 찍어 누를 수도 없다. 잡으면 달아나고 아무도 몰래 내게 오는 것을 좋아한다. 먼지의 이력을 짚어본다. 렌소이스라는 곳에서부터 온 것은 아닐까. 게으른 햇빛이 만들어낸 도시의 노란 깜박등 같은 존재. 곁에 있다가도 뒤돌아보면 사라지고 없는.

눈앞에 존재하다가도 우기가 오면 흔적도 없다. 어디로 간 것일까. 바람을 미치도록 좋아해서 떠돌아다닌 것을 좋아해서 어디든 아무 곳이든 가고 싶은 지도 모른다. 한 곳에 정착할 수가 없는 깊은 병에

든 것이다. 지금 내 눈 앞에 있는 이 먼지는 언제 또 어디로 갈 지 모른다. 떠나기 위해 만들어진 존재이므로.


## 15. 의혹과 질투

그리스 로마 신화에서 가장 강력한 신 제우스는 자타가 공인하는 바람둥이이다. 하지만 그의 아내 헤라는 바람둥이의 남편을 늘 노심초사 단속해야 한다. 바람둥이 아내는 의심이 많아야 한다는 것이다. 그래야 남편을 잃지 않는다고 한다. 제우스의 아내 헤라 여신은 의심도 많고 질투심도 강했다. 그래서 만들어지는 수많은 에피소드가 그리스 로마 신화를 읽는 재미를 더해준다.

이렇게 의심과 질투는 떨어질 수 없는 동전의 양면과도 같다. 나는 이 말을 의혹과 질투로 바꾸어 부른다. 시를 쓴다는 일은 늘 의혹의 한가운데로 나를 떠밀어내는 행위가 되며 끝내 사랑하지 않을 수 없는 결과를 낳는다. 남편을 잃지 않아야 하는 헤라처럼 시를 잃지 않아야 하는 나는 시를 의혹의 눈으로 늘 감시하지 않으면 안 되는 것이다. 의혹하다보면 끝내 시를 놓지 않을 거라는 믿음. 그 믿음의 끝에 서 본다.

**시와소금 시인선 · 035**

## 그대, 빈집이었으면 좋겠네

ⓒ박해림, 2015, printed in Seoul, Korea

1판 1쇄 발행 2015년 8월 30일
지은이  박해림
펴낸이  임세한
디자인  유재미 정지은
펴낸곳  시와소금
등록번호  제424호
등록일자  2014년 1월 28일
발행  강원도 춘천시 충혼길20번길 4, 1층 200-938
편집  서울시 송파구 백제고분로45길 15, 302호
전화  (02)766-1195, 010-5211-1195
이메일  sisogum@hanmail.net

ISBN 979-11-86550-01-4 03810

값 9,000원

※ 이 시집은 강원도 한국문화예술위원회 강원문화재단 후원으로
  제작되었습니다.